KB069371

청어詩人選 166

달의 노래

배상수

청어

달의 노래

배상수 지음

발 행 처 · 도서출판 **청어**
발 행 인 · 이영철
영　　업 · 이동호
홍　　보 · 이용희
기　　획 · 천성래
편　　집 · 방세화
디 자 인 · 이해니 | 이수빈
제작이사 · 공병한
인　　쇄 · 두리터

등　　록 · 1999년 5월 3일
(제1999-00063호)

1판 1쇄 인쇄 · 2019년 5월 10일
1판 1쇄 발행 · 2019년 5월 20일

주소 · 서울특별시 서초구 남부순환로 364길 8-15 동일빌딩 2층
대표전화 · 02-586-0477
팩시밀리 · 0303-0942-0478

홈페이지 · www.chungeobook.com
E-mail · ppi20@hanmail.net
ISBN · 979-11-5860-646-6(03810)

이 도서의 국립중앙도서관 출판시도서목록(CIP)은 서지정보유통지원시스템 홈페이지(http://seoji.nl.go.kr)와 국가자료공동목록시스템(http://www.nl.go.kr/kolisnet)에서 이용하실 수 있습니다.(CIP제어번호: CIP2019017629)

달의 노래

배상수

차례

달의 노래(1)

9 〈한용운의 군말 중에서〉

10 꿈나무
11 하얀 고무신
12 발자국 소리
14 나의 人生觀
15 나의 님
16 이해할 수 없는 말씀에
17 나는 몰랐습니다
18 기도
20 새파란 가을하늘에
21 가을
22 빗물
24 코스모스
25 눈이 내린 아침
26 쾌락
28 목련
29 때 이른 단풍
30 사랑(1)
32 어머니의 얼굴
34 연꽃바위
35 겨울산
36 달을 보며
38 가을의 최후
40 키스해 주셔요
42 숯불
44 연(鳶)
45 창호
46 그리움
47 새의 울음소리
48 달은 밝아지고
49 사랑의 양
50 작은새
51 비 온 후의 바닷가
52 달그림자
53 人生
54 눈물
55 여름밤은 길어요
56 행복
57 옛집에서
58 나그네
59 저녁
60 해돋이
61 밤
62 봄
65 못다 쓴 시
66 나의 시를 읽는 독자에게(1)

달의 노래(2)

70 병풍
71 한등(寒燈)
72 씻겨진 뜰 위
73 옛봄
74 옛 산사
75 활짝 핀 흰 목련
76 종달새
77 두견새
78 저녁 종소리
79 靑山
82 ?
83 밤 비둘기
84 가을아침
85 갓 피어난 코스모스
86 生命
87 달이 없다고
88 게으른 가을
89 가을 달빛 아래서
90 강나루
91 가을이 떠나가는 들판
92 외등불빛
93 겨울꽃
94 겨울산사에서
96 눈 덮인 겨울산
97 겨울 달빛 아래서
98 봄이 오는 길목에서
99 그리운 님 생각
100 항상 당신을
101 불멸의 진리
102 시와 人間(1)
103 시와 人間(2)

달의 노래 이후

106 이별
107 사랑(2)
108 님과 풀벌레
109 님
110 후회
111 白蓮
112 나의 시를 읽는 독자에게(2)

달의 노래(1)

인생에 幸福이 있더냐
너에게도 님이 있느냐
너의 작은 베개가 혹 너의 사랑을 알지는 않더냐
해가 저문 저녁
길을 잃고 헤매이는 어린양이 그리워서 나는 이 詩를 쓴다

〈한용운의 군말 중에서〉

꿈나무

따뜻한
어느 봄날

당신의 뜰 앞에
작은 꿈나무를 심어둔 영원한 비밀을

당신은 알고 계십니다

하얀 고무신

당신이 나를 버리시면
문밖에서
당신을 기다립니다
당신이 벗어놓은 하얀 고무신을 가슴에 품고……

어디선가
큰 기침소리가 나면
선잠에 깨어
가슴속에 있는 고무신을 더듬거립니다

새벽녘에
꿈속에서
당신은 나를 포근히 안았습니다

깜짝 놀라
눈을 떠보니
눈 위에 발자국이 있었습니다

당신이
오실 때까지
하얀 고무신을 곱게 간직하겠습니다

발자국 소리

문밖에서
발자국 소리가 들렸습니다

무슨 소릴까 하고
잠에서 깨어보니
오래 전부터
친숙한 소리였습니다

누굴까 하고
밖을 나가보니

당신이
나를
문밖에서 기다리고 있었습니다

조금 전
원망하고 지쳐 잠들어 버린

나의 모습과는
너무 대조적였습니다

아마
사랑은
당신만 할 줄 아는 것 같습니다

나는
지금
깨어진 잠을 원망하고 있습니다

나의 人生觀

남들은
자기의 인생관이 있지만
나는
당신의 인생관만 있습니다

남들은
자기의 집을
부자로 만들지만
나는
당신의 집을
부자로 만듭니다

남들은
자기의 가슴에
天國이 있지만
나는
당신의 가슴에
天國이 있습니다

나의 님

나의 님은
당신밖에 없습니다

세상을
알기 이전에
사랑을
먼저 안 까닭에

만남의 기쁨은
당신보다
내가
더 큰 것 같습니다

하늘에
떠다니는 뭉게구름에
밤을
울리는 귀뚜라미 소리에

당신이 아닌가
생각이 듭니다

이해할 수 없는 말씀에

정말로
이해할 수 없는 말씀에
도저히
복종밖에
할 수 없는 섭리에

나는
믿음으로써
당신의 품속으로
안길 수밖에 없는 것 같습니다

나의
부족함들은
밤하늘에 흐르는
은하수 별들을 사모하게 되고
나의
작은 정성은
새벽에
당신은 나를 잠에서 깨웠습니다

나는 몰랐습니다

나는
몰랐습니다
정말로
몰랐습니다
당신이
참사랑 인줄을
나는 몰랐습니다

나는
몰랐습니다
정말로
몰랐습니다
당신이
전부 인줄도
나는 몰랐습니다

기도

온 세상이
내 것이 된다고 해도
참회의
눈물을
흘리게 하시고
온 세상이
내 것이 없다고 해도
감사의
눈물을
흘리게 하소서

꽃잎에 맺힌
아침이슬 방울에
우주를
느끼게 하시고
우주 속으로
흐르는
은하수 불빛을 바라보며
당신을
느끼게 하소서

내가
당신을 사랑하는 일에
나의 생애에
최고의 목표를 삼게 하여 주십시오

새파란 가을하늘에

새파란
가을하늘에
붉은 감이 익어 가듯이
당신이
주신 노트에는
사랑이 익어갑니다

초가집
넝쿨 위에
누른박이 익어 가듯이
당신이
주신 가슴에
믿음이 익어갑니다

이 가을에
당신이 주신 생활에
좀더
성실해야지
좀더
충실해야지

가을

울적한
마음으로
밖을 나갔습니다

가을 풀벌레가
풀잎 사이로
울고 있습니다

밤나무 숲 사이로
둥근 보름달이
떠 있습니다

조금 전 내린 소낙비로
시냇물 소리는
밤의
정적을
깨우고 있습니다

당신도 잊어버린 채
가을도 잊어버린 채

나는
점점
가을이 되어 갑니다

빗물

이밤에
비가
내리고 있습니다
깜깜한 밤에
빗소리만
들리고 있습니다

나는
빗물이
되고 싶습니다
빗물에 씻겨진
　　　청아한 꽃잎이
　　　　　　되고 싶습니다

빗물에 씻겨진
　　　화사한 햇님이
　　　　　　되고 싶습니다

빗물에 씻겨진
　　　푸른하늘도
　　　　　　되고 싶습니다

빗물에
    씻겨진
순결하고도 고요한 아침이
                되고 싶습니다

코스모스

창문 옆에
코스모스가 피었네
혼자
피기 외로워
함께 모여 피었네

꽃잎이
무거워
고개를 약간 숙였네

어디선가
가을바람이 불면
수줍은
꽃잎이
파르라니 떨고 있구나

어디선가
초겨울 바람이 불어오면
가느다란
허리 숙여가며
나를 보고
자꾸만 자꾸만 인사를 하네

눈이 내린 아침

좁은
산길에
눈이 내렸네
깊은
골짜기에
눈이 쌓였네
적은
돌길에
눈이 보이네

앙상한
가지 위에
까치 한마리가
맑은 아침을
알리고 있네

쾌락

깊은 산에도
밤은 옵니다

산은
간 데가 없고
산등성이만 보입니다
하늘은
간 데가 없고
별빛만 반짝입니다
길은
간 데가 없고
부엉이만 울고 있습니다

더운 밤에도
쾌락은 있습니다

쾌락 뒤에
오는
쾌락이 아니라
고통 뒤에
오는
쾌락이었습니다

더운 이밤에
오늘
나의 쾌락은
열려진 문 사이로
불어오는
한줄기의 바람이었습니다

목련

저
앙상한 가지만
있는 나무에
며칠 전
하얀 목련이
피었습니다

어제
내린 비로
꽃잎은 떨어지고
앙상한 가지만
남았습니다

내년
봄에도
저 앙상한 가지에
하얀 목련이
곱게 피어 있겠지요

때 이른 단풍

해는
지고 없는데
동산은 환합니다
바람은
불지 않는데
구름은 떠갑니다

어제
내린 빗물로
잎들은 더욱 푸르게 되고
오늘
더운 햇빛으로
장미는 더욱 붉게 됩니다

그 무엇이 급했는지
아직
가을도 아닌데
단풍은
저리도 붉게
물이 들었을까?

사랑(1)

사랑은
속박입니다

완전한 속박에서
완전한 자유를 얻을 수 있고
완전한 자유에서
완전한 사랑을 얻을 수 있습니다

사랑은
고통입니다

완전한 고통에서
완전한 기쁨을 얻을 수 있고
완전한 기쁨에서
완전한 사랑을 얻을 수 있습니다

속박과
고통을
싫어하는 자는

완전한

　　사랑을 할 수 없을 뿐 아니라

완전한

　　당신이 될 수 없습니다

어머니의 얼굴

바다는
채워질수록
아름다워지고
파도는
잔잔할수록
섬들은 많이 보입니다

허공을
무심하게
맴도는 고추잠자리들
바람이
불기만 하면
갈대는 눕기를 좋아합니다

추석이
가까워지면
채워지는
저녁달을 바라보니

추석 때만 되면
때때옷을 사주시는
고향에 계신
어머니의 얼굴이
자꾸만 자꾸만 생각이 납니다

연꽃바위

산이 높을수록
물은 맑아지고
물이
맑아질수록
나는 더욱 깨끗해집니다

산이 깊을수록
초목은 우거지고
초목이
우거질수록
나는 더욱 외로워집니다

새벽 목탁소리에도
아침이
오는 줄 몰랐고

맑은 아침하늘만
쳐다보다
산등성이 위에 있는
연꽃바위를 놓칠 뻔하였습니다

겨울산

겨울나무에는
꽃은 피지 않지만
눈꽃이 피어납니다

앙상한 가지 위에
눈이 내리고
푸른 솔잎 위에
하이얀 눈꽃이 피어납니다

겨울산에는
나무는 크지 않지만
얼음나무는 커 갑니다

찬 바위 옆에는
얼음가지가 자라고
가파른 절벽 위에
굵은 얼음나무가 커갑니다

고적한 산사의 굴뚝 위에서
연기가 피어오르니
겨울은 참 따뜻하게만 느껴집니다

달을 보며

산중에서
둥근
보름달을 보았습니다

달의 얼굴은
주름이 많았고
주근깨도 많이 보였습니다

그리고
약간은
야윈 것 같았습니다

"당신도
 못 생기고
 많이 늙어셨군요"

달빛은
고요하게
단풍나무 숲을 비추고
붉은 감을 비추고 있었습니다

그리고
남은 빛으로
졸졸 흐르는
시냇물을 비추고 있었습니다

“허허
기력은
여전 하시군요”

찬
가을밤에
외로이 우는 귀뚜라미소리와
나는
하나가 되어가고 있었습니다

가을의 최후

온산에
붉은 단풍은
나를 구속시켰습니다
가을은
이산에서
나를 자유롭게 하였습니다

붉게 지는 저녁놀에
구속되어 있는 목이 하이얀 갈대는
그저
고개만 숙이고 있습니다

찬
시냇물 소리만
자유롭게 들리고 있습니다

이 장엄한 최후에……

소낙비의 최후가
쌍무지게라면

이 가을의 최후는
칠갑산
온산을
곱게 물들이는 붉은 단풍이었습니다

키스해 주셔요

키스해주셔요
키스해주셔요
파도에 부딪히고 암초에 부서진 이 약한 배를
키스해주셔요
키스해주셔요
조각난 조각조각마다 가루가 된 티끌티끌마다

당신의 눈물이
진주가 아니라면
이 세상에는
귀하게 여길 보석은 하나도 없습니다
당신의 입김이
살얼음을 녹이는 봄바람이 아니라면
봄에는
진달래꽃은 피지 않을 것입니다

당신이
만약
파셔진 가슴 한 조각이라도 키스해 주시면

나의 약한 배도
못을 박고
태산보다 높은 깃발을 달고서

파도에 부딪히는
고통을 헤치며
암초에 부서지는
아픔을 이겨내며

당신의 나라로
항해로 계속하겠습니다

숯불

밤이
깊었습니다

화롯가에
숯불은
꺼져 재로 변하였습니다
재 아래에
숯불은
꺼지지 않았습니다

밤이
얼마나
깊었는지 모르겠습니다

화롯가에
숯불은
꺼져 재로 변하였습니다

부지깽이로
화롯가 위를

이리지리 흩어 보았습니다
재 아래에는
꺼지지 않는 빨강숯불
몇 개가
남아 있었습니다

꿈조차
희미한 새벽

화롯가의 숯불은
다 꺼져
재로 변해 버려도
화로의 열기는
아직
식지 않았습니다

연(鳶)

– 새해를 맞이하며 –

연이 나른다
새가 나른다
나의 마음도 나른다

어제
날린 연에
묵은 것을 다 보내고
오늘
날린 연에
새희망을 가득 띄우자

오늘은 설날아침

티 없이 높은 하늘에
학연 한 마리를 띄우자

한점이 된다
큰별이 된다
나의 꿈이 된다

창호

– TV 한국의 美를 보고나서 –

닫혀 있어도 열려 있는 문

해는 볼 수 없어도
　　햇빛과 햇살이 스며드는 문

꽃향기는 맡을 수 없어도
　　봄바람은 느낄 수 있는 문

방안이 어두우면
　　달의 그림자 새어 들어오는 문
방안이 밝으면
　　나의 그림자 새어 나가는 문

자연의 소리가
　　방안으로 들어오는 문
방안의 소리가
　　자연으로 나가는 문

닫혀 있어도 항상 열려있는 문

그리움

그리고 싶어 그리워하는 것이 아니라
나도 몰래
그리워집니다.
기다리고 싶어 기다리는 것이 아니라
봄이 되면
파릇파릇 피어나는 푸른 잔디를 보노라면
나도 몰래
기다려집니다

바람은
큰나무를 움직일 수 있어도
따뜻한 햇빛은 움직일 수 없습니다.
구름은
해를 가릴 수 있어도
해를 기다리는 해바라기의 마음은
가릴 수 없습니다

아!
　사랑입니까
　　바램입니까
　　　열정입니까
아니면
　　자꾸만 그리워지는 이 마음입니까

새의 울음소리

새의 울음소리로써
　　　　숲의 푸르름을 전한다
새의 울음소리로써
　　　　달의 외로움을 전한다
새의 울음소리로써
　　　　새의 웃음소리를 전한다

새가 운다
　　그래서 새는 커간다
새가 운다
　　그래서 새는 순수하다
새는 항상 운다
　　그래서 새는 항상 웃는다

달은 밝아지고

달은 밝아지고
　　밤은 깊어간다
별은 많아지고
　　침묵은 더해간다

나무는 너무나도 말이 없고
나뭇잎 사이에 숨겨둔
소슬바람이
눈물자욱을 말리고 있네

사랑의 양

적은 사랑은 눈물도 적어지고
많은 사랑은 눈물도 많아집니다

적은 사랑은 어려움도 적어지고
많은 사랑은 어려움도 많아집니다

적은 사랑에는 희망은 작아지고
많은 사랑에는 희망은 커집니다

작은새

이른 아침
작은새 한마리가
풀잎에 앉아
풀잎에 맺힌 이슬을
입에다 머금고
주위를 살핀다

오늘아침

만물이 새롭고
새들도 새롭고
바람마저도 새로워진다

비 온 후의 바닷가

나비는
풀밭이
꽃인 줄
알고 날아다니고
바람은
나뭇잎이
손인 줄
알고 흔들거리네

푸른 바다 위에는
하얀 배들이 몇 척 떠있고
푸른 섬들 옆에는
하얀 파도가 넘실거리네

빗물로 씻겨진 모래를
더욱 깨끗해지라고
파도는 흰 이를 드러내며
해변을 씻어갑니다

달그림자

고요히 이는 물결 위에
달은 조각조각 나는구나
달빛에 비친 소나무 뒤에
나의 그림자도
　　조각조각 나는구나

홀로 떠있는
　　초승달이 외롭다
달빛에 비친
　　소나무도 외롭다

달 때문에 생긴
　　나의 그림자도 외롭다

人生

미래는 기약이 없고
과거는 후회가 많다

그러기에
지키기 힘든 것이 지조요
뿌리치기 힘든 것이 유혹이라
하지만
우리는 항상 고달픈 현재에 산다

원수는 외나무다리에서 만나고
사랑하는 사람과는 헤어지기 일쑤다
오를수록 힘든 길이 산길이요
갈수록 힘든 길이 人生길이다

아무리 생각을 해 보아도

人生은 고통 받기 위해 태어났고
원수를 만나기 위해 태어났고
원수를 없애기 위해 태어났던 것이다

눈물

보통 때는 마음으로 웁니다

나 혼자될 때
가끔은 눈물로써도 울게 됩니다

하지만
당신 때문에
눈물이 희망으로 변합니다
시간이 지나면
희망이 눈물로 변합니다
그러나
또 시간이 지나면
눈물이 사랑으로 변합니다

여름밤은 길어요

여름밤에는 별들이 많이 보여요
여름밤에는 바람이 많이 불어요
여름밤에는 풀벌레소리 많이 들려요
하지만
여름밤은 길어요

수많은 별들이 모여
침묵으로 속삭이고
각각의 풀벌레들이
제각기 그들의 사랑을 이야기한다고 해도
그들은 나의 사랑을 알지 못합니다
나 또한 그들의 사랑을 알지 못합니다
사랑은 표현에 있는 것이 아니라
그 자신의 느낌에 있기 때문입니다

그러므로
그들이 아무리 여름밤이 짧다고 해도

나에게는
더운 여름낮은 짧고
시원한 여름밤은 길어요

행복

나에게는 당신이 최고입니다
나에게 만약 당신보다 더 나은 것이 생긴다면
나는 그것을 미워하겠습니다
왜냐하면
나에게는 당신이 최고이니까요

나의 고통의 시가
당신에게는 기쁨의 노래가 된다면
그것은 나의 행복입니다
나의 기쁨의 시가
당신에게는 고통의 노래가 된다면
그것은 나의 불행입니다
나에게 고통의 시가
당신에게도 고통의 노래가 된다면
그것은 나의 최고의 불행입니다

왜냐하면
나의 고통은
오직
당신의 기쁨 속에서
극복될 수 있으니까요

옛집에서

옛 기와지붕 위에
굽이굽이
가을이 머문다

누런 호박은 가을 햇살에
낮잠을 자고
강남 갈 제비는 낡은 지붕위에
모여든다

옛 집터위에
갖가지의 정이
마음에 머문다

돌담 사이에 스미는 바람은
알 수 없는 향내음을 내고
맑은 우물위에 푸른하늘이
말없이 비친다

아!
당신이 떠난 낡은 집을 찾은 나는
푸른하늘을 보는 즐거움이 있습니다

나그네

약속한 바 없는데
산들은 푸르기만 하고
배운 적도 없는데
나는 靑山이 좋아라

가을산은 쓸쓸하고
나그네는 외롭구나

옹기종기 사는 산마을에는
하얀 연기는 천천히 헤엄을 치고
첩첩산중마다 저녁놀을 붉게 태우네

산이 멀어질수록
靑山은 말이 없고
그리고 나는 슬퍼지네

저녁

앙상한 가지 사이로
눈부신 저녁놀이 지고

외딴집 굴뚝 위에는
밥 짓는 저녁연기가 핀다

주위 산들은 어둠속으로 사라지는데
높은 하늘 위에는
초승달 홀로 밝아지는구나

해돋이

해가 떠오르니
파도는 붉게 춤을 춘다
아침이 밝아오니
산들은 푸르게 웃는다

설악의 산 위에는
눈이 녹지 않는데
돌부처의 얼굴엔
그저
미소만 머금고 있네

밤

초대하지 않는 밤이 찾아왔습니다
별들은
별빛을 낳고
밤은
깊은 밤으로 이어가고
아프고 쓰린 슬픔은
눈물의 바다로 변했습니다

나에게는 기쁨이 없습니다

당신을 사모하는 눈물마저 없다면
나에게는 生命조차도 없습니다

오늘밤
검은 하늘 위에
수놓은 작은별이 되겠습니다
낮은 풀밭 아래
울고 있는 귀뚜라미가 되겠습니다

봄

(1)

잔설(殘雪)이 많다고
봄이 더디더냐
매화향기 때문에
흰눈이 녹는다

산이 높다고
봄이 멀다더냐
님의 체온으로써
얼음을 녹인다

좁다란 산길 따라서
가파른 산길 걸어서
새봄이 찾아오네

(2)

찢어진 감나무 가지사이로
푸른하늘이
새어나오고

굳게 닫힌 싸리문
낡은 지붕 위에서
흰눈이
녹는다

물소리
새소리
그렇게도 애타게 기다리는 봄

차가운 빈가지에
오돌토돌한
꽃눈이 돋아난다

(3)

빈 나뭇가지 위로
흰달이 떠가고
옛 기와지붕 뒤로
별들이 떨어진다

얼마나 울었을까
또 하루가 지나간다

……(중략)……

어디선가 새들이 웃는다
산 위로 밤그림자가 엷어진다
고개 너머 봄볕이 밀려온다

(4)

옛탑 위에
별이 뜬다
하나
둘

뜰을 거닐면서

먼 산에
소쩍새 소리를 듣는다

못다 쓴 시

고요한 산 위에
낙엽은 층층이 쌓여있고
저녁놀 지는 산 위로
흰 조각구름 몇 개만 떠 있구나

깊은 산속 옹달샘은
벌써 얼기 시작하고
인적 뜸한 산마을에는
산새소리만 간간이 들리는구나

봄을
재촉하는 꽃샘추위가
맹위를 떨치는 지금
나는
지난 가을에
못다 쓴 시를 완성시킨다

나의 시를 읽는 독자에게(1)

나의 詩가
나에게
무슨 해답을 주었으며
얼마의 이익을 얼마나 남겼는지 묻고 싶어진다
다른 사람에게는
정신적으로는 어떤 영향을 미쳤으며
물질적으로는 얼마의 이익을 얼마나 남겼는지 알고 싶어진다

나는 일찍이 탕자였다
부모님에게 죄인이었고
주위사람에게도 마찬가지였다
뒤돌아보면
인생은
험하고 먼 길이었다
춥고 긴 겨울밤 이었다
아!
누구를 붙잡고
이 구구한 이야기를 일일이 물어보아야 하나
蒼蒼한 하늘만 바라본다

그래도
우리에게는
'결국 새벽은 오지 않는 것인가'
'언제까지나 아름다운 님은 꿈속에서만 보아야 하나'
이 대답을
하는 자 못하는 자
모두가
뭇할 뿐이로다

지금
창밖에는 낙엽이 하염없이 떨어지고
주인 없는 집에는 감들이 익어간다

〈어느 깊은 가을날 書齋에서 적음〉

달의 노래(2)

병풍

– 을미년 새해를 맞이하며 –

병풍을 열면
한겨울에도
붉은 모란이 핀다

고요한 방안에
암수 종달새 정답다

병풍을 닫으면
병풍 속으로
모란의 향기가 간직된다

한등(寒燈)

창밖엔 해일처럼 밤눈이 흩날리고
얼음처럼 굳어진 찬빛은
몸무림 치는 눈발을 비춘다
백발(白髮)처럼 희어지는 한등(寒燈)
나의 마음도 흰눈으로 덮어지고……

씻겨진 뜰 위

푸른 하늘
　　흰 뭉게구름

씻겨진 뜰에
　　말없이 감기우는 바람결

비내린 앞산에
　　뻐꾸기 소리
　　　　더욱 가깝다

옛봄

새소리에 꽃이 피고
꽃향기에 봄이 온다

봄은 옛봄과 같으나
사람은 옛사람과 다르다

옛 산사

꿈에서 깨어
밖을 나가보니
주인도 없는 옛 산사에
소리도 없이 내리는 흰눈이
주인이 됩니다

활짝 핀 흰 목련

잿빛 뿌려진 하늘

낙엽은 모였다가
　　　　또 다시 흩어지고
차갑게 부는 바람은
　　　　가슴속까지 울게 한다

먹이를 찾는 비둘기 떼는
　　　　서로의 깃을 비비면서
　　　　　　　　　　구구구구……

인적이 뜸한 공원에서
　　　　활짝 핀 목련을
　　　　　　　　　　홀로 쳐다본다

종달새

늙은 소나무 사이로
　　푸른하늘이 터져나오고
산 위의 뭉게구름은
　　고개를 내어 히쭉 웃는다

온산 덮은 물안개
　　푸른산을 떠날 줄 모르고

바위에 앉은 종달새는
　　먹이 찾는 일도 잊었다

두견새

밤도 깊었는데 두견새는 실컷운다
달도 밝았는데 두견새는 슬피운다
오늘밤
두견새는 눈물방울로써
사랑의 꽃을 피운다

자신을 잃어버리고 두견새는 실컷운다
돌아갈 곳 없어 두견새는 슬피운다
매일밤
두견새는 울음소리로써
사랑의 성전을 울린다

저녁 종소리

웬종일
　비만 처적처적
　　내리고
찾아올 이 없는데
　괜히
　　기다려진다

어느새
　적적한 방안에
　　어둠이 찾아오는데

어디선가
　저녁종소리가
　　들리어온다

靑山

(1)

靑山을 따라가다
　　해는 저물고
저녁놀, 서산마루
　　붉게 물들고
초가의 굴뚝에서
　　붉은 연기가 피어오른다

(2)

가고 또 가봐도 산들은 푸르기만 하고
보고 또 쳐다봐도 靑山이로다

해 뜨는 곳이 天王峯이요
　　해지는 곳이 인황봉이로다

봉우리는 높아
구름에 옷깃을 젖기가 쉽고
골짜기는 깊어
흐르는 물소리는 나뭇잎보다 더 맑다

(3)

구름 걷히니
　　또 靑山이로다

빽빽이 메운 나무
온산을 출렁이는 푸른파도

골 깊은 계곡마다
　　매미의 울음바다

열두 폭 비단안개
우뚝선 바위곁을
떠날줄 모르네

(4)

한가로운 구름들은
　　　　靑山을 그늘지게 하고
이끼 낀 바위들은
　　　　푸르름을 자랑하곤 한다

깊은 물속에는
　　　　큰 산을 잠기게 되고
맑은 물밑에는
　　　　까치가 집을 짓는다

님이 계신 그곳에는
분명
이런 곳이 있으리라

?

적게 내린 빗물은

꽃잎 위에 이슬을 맺히게 하고

부드럽게 부는 바람은

풀잎을 눕게 만든다

적고 부드러운 것에도

아름답고 강한 면이 있더라

밤 비둘기

밤새 울던 밤 비둘기
　　아침이 되도 그칠 줄 모르고
우직한 바위 위에
　　밤새 흐르는 이슬은
차고도
아름답다

아침놀에
물든
붉은구름은
하나 둘 떠나 버리고
홀로된 가을하늘은
내님의 사랑과
키를 재려하는구나

가을아침

(1)

기운차게 울리는 시냇물소리
　　　　아침 햇살에 빛나는 키 큰 나무들
푸른 계곡따라 피어오르는 안개연기

(2)

구름을 개고 나니
　　　　높아진 푸른하늘
가을을 보려고
　　　　먼저 핀 코스모스
귀뚜라미 벗될 밤도
　　　　얼마 남지 않았구나

갓 피어난 코스모스

가는 산길 고요한데
　　코스모스
　　　　몇 송이 피었네
오는 산길 좁은데
　　코스모스
　　　　서너 송이 더 피었네

주위가 산이라
코스모스 보이질 않고
그저
푸르기만 하네

아!
또 다른 좁은 산길에
갓 피어난 코스모스가
가을바람에 작은 몸짓을 하네

生命

당신을 사랑하는 죄로
　　나에게는 항상 고통이 있습니다
하지만
　　나는 당신을 원망할 수가 없습니다
왜냐하면
　　당신을 그리는 슬픔은
　　　　나의 生命의 일부이니까요

달이 없다고

달이 없다고
　　님도 없다더냐
별을 모아서
　　그리움을 만들면 되지

벗이 없다고
　　외로움이 많다더냐
귀뚜라미소리 들으며
　　가을밤과 친하면 되지

눈물이 많다고
　　사랑이 적다더냐
이슬을 엮어서
　　님의 목걸이 만들면 되지

게으른 가을

대나무 숲 사이로
맑은 바람이 흘러나오고
적적한 뜰 위엔
가을햇살로 가득 채운다

새털구름
　　푸른하늘

낡은 기둥 아래
　　잘 마르는 메주

시골 앞마당에
　　붉은 고추가
　　　　곱게 익는다

가을 달빛 아래서

밝은 달빛 아래
　　낙엽이 한잎두잎 떨어지고
야속한 구름은
　　달 위를 오락가락하기만 한다

그래도
나는
은은하게 빛나는
푸른 소나무가 좋아
침묵 속에 바라본다

아!
속절없이 지나가는 가을밤이여
미치도록 그리운 당신의 얼굴이여

강나루

해 저무는 강나루
　　은은하게 흔들리는 나룻배

외로움 대신에
　　저녁놀로 가득 채운다

강 저편 들길 위로 갈대는
누구를 부르는 듯
하얀 손짓을 하고 있네

가을이 떠나가는 들판

여울묵 소리는 끊어졌다
　　　　다시 또 이어지고
풀벌레 소리는 끊어졌다
　　　　다시 또 이어지고

人間의 슬픔보다
　　　더 많은 낙엽은
　　　　　바람에 뒹굴고

人間의 소리보다
　　　더 높은 갈대는
　　　　　바람에 운다

외등불빛

우두커니 서있는 전봇대 위
　　붉게 물든 조각구름 하나 떠 있네

하늘높이 매달린 외등불빛 아래
저녁그림자는 무슨 비애(悲愛)가 많은지
이토록 길단 말이요

군중 속에
어울려 꿈꾸었던 삶
그리고
홀로 돌아가는 저녁

어디로 가라는 슬픈 신호인가

우두커니 서있는 전봇대 위
　　붉게 물든 조각구름 하나 떠 있네

겨울꽃

괴로움에 짓눌려도
　　　항상 웃는 겨울꽃

향기 없는 바람에
　　　꽃향기를 싣는다

겨울산사에서

(1)

벌레소리도 없는
겨울산사는
흰눈으로 묻혀버리고

기와지붕 뒷편에
떠오른 둥근달은
의연하게도 밝다

(2)

산
산
산
먼 산
고적한 산사
겨울나무위에 내린 흰눈들……

(3)

겨울산
기와지붕 위
알뜰하게 쌓인 흰눈은
푸른하늘을 매만지고

묻혀만 가는 옛 암자의
낡은 굴뚝에서
흰 연기가
모락모락
솟아오른다

눈 덮인 겨울산

어둑어둑 저녁하늘
기러기 떼 줄지어
어디론가 향하고

눈 덮인 겨울산 위
떨어지는 저녁놀은
슬프고도 아름답다

겨울 달빛 아래서

깊은 겨울밤
먼 산의 기러기 울음소리

찬
달빛 아래
뜰에 어리는
빈가지의 그림자들

외롭게 서있는
소나무 사이로
당신의 눈빛처럼 빛나는
별빛 하나

내가슴 속에는
당신 생각뿐입니다

봄이 오는 길목에서

찬란한 저녁놀을 그리면서
떨어지는 해는
장하고도 또 장하구나

혹독한 추위를 잘 이겨낸
겨울나무들에게
남다른 情을 보낸다

살얼음을 녹이는 시냇물 소리처럼
병든 이 내 몸속에
번뜩이는 시심(詩心)을 찾는다

그리운 님 생각

새소리 잦은 골에 물소리도 맑고
그리운 님 생각에 산길은 멀다

항상 당신을

외로울 때
괴로울 때
즐거울 때
혼자 길을 걸어갈 때

밤하늘에 별을 바라보며
나는 항상 당신을 생각합니다

불멸의 진리

남들은 만남에는 이별이 있다고 하지만
당신의 만남에는 이별할 마음이 없습니다

남들은 기쁨에는 슬픔이 있다고 하지만
당신의 기쁨에는 슬퍼할 마음이 없습니다

남들은 사랑에는 미움이 있다고 하지만
당신의 사랑에는 미워할 마음은 없습니다

아!
당신은
가을에 지는 낙엽인가요
봄에 다시 피어나는 진달래꽃인가요

시와 人間(1)

〈아직 고통이 남아 있기에 나는 詩를 쓴다〉

– 시란 무엇인가 –

인생을 실패하기 위해 사는 사람은 없다
시를 쓰기 위해 어려움을 찾는 시인은 더욱 더 없을 것이다
시는 고통의 표현이자 슬픔의 넋두리인 것이다

그러나
떨어지는 눈물이 다시 타오르는 촛불이 되고
잠 못 드는 아픔이 마음을 밝히는 등불이 되듯
시인이 부르는 절망의 노래는 곧 희망의 노래가 된다

어쩌면
시를 쓰는 일은 모순일지도 모른다
서산에 지는 저녁놀을 바라보며 찬탄을 한다든지
순수하지도 않는 세상을 순수하게 그리는 일이다
인간이 동물과 다른 것은 고통을 참을 수 있다
아니
그 힘으로써
또 다른 희망을 만들 수 있는 것이다
그래서
모순되지만 결코 모순되지 않는 시가 태어나는 것이다

시와 人間(2)

진정한 시는
자기희생에서 쓰여지는 것이다
자기를 위해 쓰는 것이 아니고 남을 위해 쓴 것이다

사랑의 힘으로 극복되는 것이다

외기러기도 없는 가을하늘에 밀려오는 쾌락이며
작은새도 없는 사막에 문득 찾아온 벗이며

슬프고 모순된 현실 속에 인격이 완성된 참인간이 되기 위함이요
더 나아가
세속을 떠난 신선이 되기 위함이 아닌
어렵고 힘든 현실 속에 사는 참인간이 되기 위함인 것이다

달의 노래 이후

이별

당신과 이별은 없습니다
당신과 이별은 곧 죽음이기 때문입니다
온 세상 사람들이 나를 미워할 때도 당신은 나를 사랑하십니다
나도 당신을 사랑합니다 당신의 사랑을 사랑하야요

〈한용운의 사랑을 사랑하야요 중에서〉

사랑(2)

늙어도 늙지 않으리라
죽어도 죽지 않으리라
쇠보다 강하리라
별보다 순수하리라

님과 풀벌레

꿈에서 깨어보니
　　새벽 창가에 풀벌레가 웁니다
님이 풀벌레가 아니건만
　달빛 아래
　　왜 저리도 애처롭고 아름다운지
차라리 풀벌레가 님이 되었으면 좋았을 것을……